당신, 떠나고 나니
딱 두 줄 남네요

당신, 떠나고 나니
딱 두 줄 남네요

장정금 지음

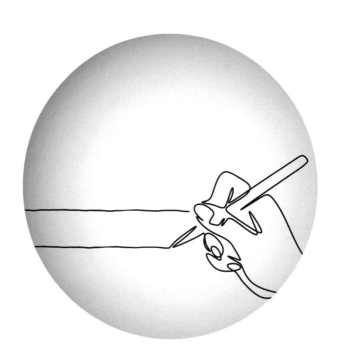

좋은땅

목차

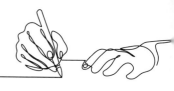

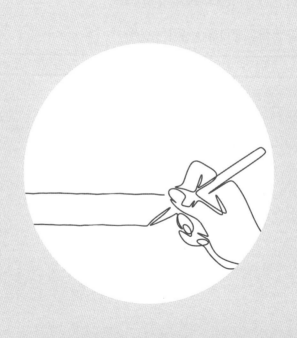

흰 머리

20130128

먹고 살 궁리하다 생기는 걸까?

놀고 먹을 궁리하다 생기는 걸까?

변기 청소

20130730

콜라를 부어 놓으면 깨끗해진다고 해서

부어 놓고 삼십 분 기다렸는데 개뿔이다

엄마의 스마트폰

20130831

아기들한테는

최악의 테러리스트

결석

··

공교육은 진료확인서 제출이면 끝,

사교육은 보충 날짜 잡아서 확인

이불

20130826

여름 이불은 얇게 부친 감자전

겨울 이불은 두툼한 동래파전

가을

....

20130825

얼음 잔뜩 넣은 컵에서

잔으로 따뜻하게 담기는 커피

쓰고 싶다

20130820

글 쓰고 싶다

돈 쓰고 싶다

홀딱

20130929

비 그친 줄 알고 집 앞 마트에 갔다가

돌아오는 길 숨었던 빗줄기에 홀딱

허무

....

20130901

내가 받는 월급보다

아들녀석 과외비가 더 나가는 것

애인

20141204

애틋함에 더해진 아련함에

심쿵해서 만나는 사람

고추농사

20140111

내 씨가 좋아서 잘 된거야

웃기시네, 내 밭이 좋은거야

서울에 사는 어느 부부가

잘 자라고 있는 아들녀석을 두고

흐뭇해하면서 티격태격하는 소리

건조해서

20140224

목 말라 500ml 생수 300원에

눈물 말라 1ml 인공눈물 166원에

위로

20140224

한입에 털어 마시는 에스프레소보다

국 대접에 마시는 아메리카노

행복

20140224

내 반경 1m 안에

커피가 있느냐? 없느냐?

마담의 조건

20131112

연륜도 필요 없다

젊어야겠다

고상함

20140523

당신을 생각하며 패는 북어보다

당신 먹이기 위해 패는 더덕

불효

20140516

낯잠 주무시는 아버지 흰 머리 몰래 뽑아,

개당 10원씩 받아 챙겨 내 머리핀 샀다네

감기

20140516

마음의 감기 우울증,

세월의 감기 갱년기

엄마의 발그레한 볼이

아빠의 사랑 때문인 줄 알았는데

갱년기 증상이라고 듣고는

엄마의 감기약으로 커피 한 잔 사 들고 온

머리 짧은 고딩의 한숨

남편카드

....

20140516

말하지 않아도 알아요

내가 뭘 하는지

나 믿지?

20140627

손만 잡고 잘게? 오빠 믿지?

물만 살게? 하고 코스트코 가는 것, 과연

취했네

20140627

홀짝 홀짝 호오올짝 호오오올짝

온 몸 빨개진 엄마를 보니

양파

20140624

당신이 떠난 후 메말라버린 줄 알았는데

글쎄, 생각지도 못한 눈물 폭탄

지우개

....

20140730

내 맘 따라 세모도 되고

동글동글 원이 되기도 한다

방, 콕

20140719

아들녀석 캠프 가고 딸아이는 봉사 가고

마누라는 관광 가고 나는 방에 콕

이 소리는

주말에 집에 없던 한 남편이

오랜만에 집에 있으려고 했더니만

이번에는 가족들이 모두 나가버려

헐…하는 소리

있을 때 잘하자

이상형

옥수수랑 귤이랑 둘 중 선택하라면? 귤

왜? 옥수수는 벗기기 너무 힘들어

옥수수 껍질을 벗기다 별의별 생각을 다 한다

이게 다 깨달음이다.

내가 19세는 지난 것은 확실하다.

옥수수

20140714

부끄러운 첫날밤 새색시인 줄 알았는데

벗겨보니 힘쎈 새신랑이 불끈

친구가 농사지어서 보내온

옥수수를 까서 삶다가

흑심

20140714

흑심 있는 연인 어떻게든 해볼라꼬

흑심 없는 부부 어떻게든 피할라꼬

스민다는 것

20140714

방귀는 뿡이거나 뿌웅이거나 소리가 나야 진리다

방귀가 스민다는 것은 무지 고통스럽구나

안심

20140707

제습기 위에 만 원권 열 장 용돈이라며 살며시 두고

풀잎 이슬 맞으러 나간 그 남자, 일이 잘 되고 있구나

진심

20140630

어머니는 짜장면이 싫다고 하셨어

양장피가 맛있다며 주문하셨어

엄마도 탕수육 먹을 줄 안다

이노무시키야

이젠 엄마가 먹고 싶은 메뉴로 외식허자

써글 놈아

(욕 테라피)

변화

20140808

달은 손톱 만큼씩

너는 눈곱 만큼씩

안녕

....

20140921

내 몸속에서 살다가 오늘 죽은 세포들이여

나날이 멋진 삶이 된 이유였구나, 안녕

폐경기가 얼마 남지 않았음을 느꼈을 때

차이

···

20141019

누각은 go. kr

정자는 co. kr

축석루는 관에서 지은 것

압구정은 개인이 지은 것

김장

20141117

긴장하고 속과 쪽을 적당히 맞추지 않으면

속이 없거나 속 터지거나

갱년기

....

20151217

울그락 불그락, 내 안에 내가 없어진 듯,

갱엿 한 판 엎어치기 메치기로 엿 먹이자

전해라

20151213

네 아비가 퇴근해서 이 어미를 찾거든

남의 편 말고 내 편 찾아 떠났다고 전해라

여자들의 수다, 대사가 되다

20151205

다섯 여자들이 속살 드러낸 수다로 밤새우니

어느덧, 독백하는 무대 위 배우들이다

갑옷

20151204

욕조에 몸을 담그고 발가락 티눈을 만지다가

"자기, 등 좀 밀어줘" 억 겹 갑옷을 벗은 여자

왜! 뜨겁지 아니한가?

20151202

팔팔 끓는 물에 매생이 한 줌, 굴 한 줌 넣는다

한 숟가락 먹다가 입천장 데었다. 그런데 우리는…

권태기 부부

시래기 국

20151125

등심 1.8kg에 무시래기 400g, 된장 푼다

등 시려워 불 앞에서 오래도록 휘젓고 있다

새벽 두 시에 생강을 까나요?

20151111

생각이 많아 잠들지 못하는 새벽 두 시

강판에 갈린 생강 1kg 조청에 묻히다

마라톤

20151107

사뿐사뿐 걷기를 좋아하던 여자가 미치고 팔짝 뛰고 나니

그럼 본격적으로 해보자는 마라톤

뭐지?

20151103

여자가 4만5천 원만 달라고 했는데

30만 원을 주는 남자, 뭐지?

사업이 잘 되나?

뭔가 찔리는 게 있나?

과속

20151103

여자는 시속 49km로 가는데

남자는 시속 55km로 가다가 사고 났다네

남자가 그럴 수 있지

한눈 팔 수 있지

꼭, 물어볼 일

여자에게 1시쯤 전화를 했다면

업무 부탁 전에 밥은 먹었어?여야 한다! 남자사람아!

보리굴비

20151027

좀 비굴해지기로 했다, 바짝 마른 것은

굴비나 내 맘이나 비슷한 처지니까 맛있게 먹기나 하자

글 쓰고 싶은 시간

20151027

자려고 누웠는데 으르렁 으르렁대는 활자들이

온 몸을 휘감더니 일으킨다, 그래서 그만…

늦게 마신 카푸치노 때문에

이젠, 안 들을래

20151015

알타리 한 단을 사면, 꼭

서너 단은 담가야 맛있다고 하는 야채가게 총각의 말

난소

20151009

꼬박꼬박 한 달에 하나씩 씨를 뿌렸다구

난, 소처럼 밭을 갈았는데 온통 핏빛이군

난자야 네 할 일은 다 한거야

수고했어 내 난소

시! 어머니

20151006

제주 조천읍 바닷가에 시인이 살고 있는 데

물고기 한 마리 튀어오르면 시가 태어난다지

제주 시인의 집

손세실리아 시인과의 만남

057

탕, 평책

20151004

한 솥 끓인 탕에 속 끓던 여자 맘은 되려 식고

한 그릇 싹 비워낸 남자에게 평화가 오고 있다

내 탓이로소이다

또한

니 탓도 있소이다

단풍

20151003

자궁으로 슬픔이 덕지덕지 붙더니만,

시월에 단풍되어 쏟아지고 있다. 시월에 말이다

몸의 변화

골

....

20150930

골골거리다 골다공증 검사대에 누웠는데

붉은 광선이 내 속내를 스캔하는 골 때리는 상황

파도

20150928

심장이 쿠웅콰앙 불규칙하게 가슴에 파도되어

헛기침으로 쏟아내는 불신의 파편들

핸드폰은 보면 안 돼

식혜

20150924

길상사 꽃무릇 사알짝 혼자서 훔쳐보고

칠름칠름거리는 식혜 한 잔으로 맘 삭히는 여자

자다가

20150924

잠결에 탱크 소리같은 남자의 방귀 공격에

여자는 소리 없는 구수한 냄새로 대응해 주었다

전쟁난 줄

도대체 뭘 먹고 다니길래

보리밥 먹고 가스 충전할 테다

오늘 밤 기다렷

오매! 단풍 들것네

20150916

상한 조개 입 안 열 듯, 맘 상한 여자 입이 닫혔네

도무지 이유를 모르고 타들어가는 남자 맘에

조개 넣고 된장찌개 끓이다가 시 쓰다니

해감 잘 된 조개처럼 니 맘도 해감해라 부부싸움

잠자리

20150914

잠자리는 가을 하늘에 하트 만들며 짝짓는데

둘이 누우면 꽉 찰 내 잠자리는 축구장 같구나

손만 잡고 잔다는 오빠 말이 이제 사실이구나

홍시

....

20150914

혹시나 하고 감나무 아래서 고개를 쳐들었네

홍시는 아직이군, 감 떨어질 즈음 연락 바람

가을 타는 거 맞지?
그럼 함께 타자
가을엔 편지를 하겠다더니
주소 몰라서 그래?

꽃게

....

20150913

앞으로 오라니까 옆으로, 옆으로

그래도 꽃게는 '꼭 갈게'라고 말했다

모퉁이

20150911

어쩌면, 남자에게 필요한 것은 동굴보다

한숨 돌리고 돌아설 모퉁이였는지 모른다

쌀쌀해

20150909

여자가 쌀쌀맞다고 느끼는 남자에게

모퉁이 돌아서 오는 가을의 기분이라고 전해줘

2리터

20140908

슬픈 장면 보고도 눈물이 나지 않길래

물 2리터를 마셨는데, 에잇 오줌만 마렵네

눈물은 이제 인공눈물
가을이라는 것이지
다행이다
방광은 제 구실 하니 말이다

깍두기

20150905

어머니, 무를 사방 2cm로 잘라서 담가주세요

자 가져와라 이노무자슥아

무에 줄 긋는다

이과생 고딩이 심심한가 보다

반듯한 엄마의 반격

아들에게 썬 무의 크기 일일이 확인시킨 엄마

어머니 무는 어무이 맘대로 하셔요

잘못했어요

화상

켜켜이 쌓은 깻잎에 간장 달여 들이부었다

화상 입은 깻잎의 외침 "에잇, 이 화상아!"

뜨겁냐, 나도 뜨겁다

한 잎 한 잎 797장의 깻잎 씻는 것도 일

화상 입은 깻잎, 그래도 맛있다

깍뚝썰기

20150827

힘의 분배를 잘해 고른 크기로 깍뚝 썰린 무

힘의 분배를 못 해 나한테만 무뚝뚝한 남자

틈

....

20150825

틈으로 스며든 것들로 숨통 트인 남자

그 틈으로 빠져나와 숨통 트인 여자

카car5톡은?

20150821

매력적인 대화에 반응이 빠를 때 깨를 볶거나

답변이 필요한 대화라도 까이거나

편집

....

20150818

찌개에 넣을 두부는 숭덩숭덩 썰 듯

부침 할 두부는 넓적넓적 썰 듯

부탁해

20150814

온정, 식지 않도록 온장고 좀

빈정, 상하지 않게 냉장고 좀

천생연분

20140810

남자는 숟가락 들어 찌개 국물만 먹고,

여자는 젓가락 들어 찌개 건더기만 먹고

식탁을 치우는데
수저 한 벌이 고스란히 남아 있다.
남자는 숟가락만, 여자는 젓가락만
사용하는 습관이 있었던 것이다.

삶의 공식

20150807

이해+이해=이해

이해-이해=오해

자존감이 낮으면 판단력이 흐려진다

글을 읽다 보면 자간에서 자존감이 느껴진다

능소화

....

20150804

'엄마, 엄마 원피스가 담장에 피었어요'

라고 말했던 일곱 살 사내아이가 지금 열일곱 살

빨래

20150804

볕 좋은 옥상에서 바짝 마른 빨래는 첫사랑 같고

드럼세탁기에서 건조된 빨래는 남편 같다

중복

....

20150721

'중복은 초복 날 먹은 것과 중복되지 않게 맛있는거 드세요'

남자는 배꼽 잡고 웃었다

참회

20150707

남자가 좋아하는 참외, 골 깊은 껍질을 벗기다가

여자는 얼마 전 전투를 부끄러워 하며 뉘우침

휴전

20150704

여자와 남자의 각 방 전투 6박 7일 후,

한 방, 한 이불 속에서 벌이는 몸싸움

법

20150626

눈에는 눈, 이에는 이로 할까?

오른손이 한 일을 왼손이 모르게 할까?

책

20150523

책 잡히면 망신 또 망신,

책 읽으면 일신우일신

아욱국

20150518

아~욱해서 아욱 바락바락 문질러 국 끓이다가

참자, 참자 하는 마음으로 감자 하나 풍덩

그날

....

20150430

남자, 그날인 듯하다

여자는 그동안 파 놓은 동굴을 내 줄 참이다

엄마 밥

20150221

떵가떵가 엄마 밥을 먹고 오면

똥도 예쁘다

거짓말해도 괜찮아

20150208

팔천 원이나 하는 목욕탕 가서 체중계에 오르니

허걱, 3kg이나 늘었다. 너무 정직하구나

찼다

20150205

축구공은 골대에 넣기라도 하지

짝사랑은, 에휴~

17 그리고 49

20150112

짜잔, 이젠 들킬래

내 맘속 일렁이는 분홍

목욕탕

20160130

비밀은 없다, 나이보다 많은 체중계의 숫자

가슴과 배에 쓰인 축 처진 역사를 읽는다

기저귀

20160120

소창 한 발씩 잘라 시침질한 외손녀의 기저귀

이젠 할아버지 기저귀를 품에 안고 가는 외손녀

함 들어올 때 메고 들어온 소창으로
아버지는 딸아이의 기저귀를 손수 만들어주셨다.

요리책

20160105

스물다섯 해가 된 주부가 집어든 요리책

새색시처럼 수줍게 마련하는 한 끼

으르렁, 가르랑

....

20160103

사자인 줄 알고 으르렁대던 여자가

고양이로 변해 가르랑 가르랑 귀염 떠는 새해

나박김치

20160215

술적심 대신할 발그레한 국물에 나박나박 썰어놓은

알배추와 무가 풍덩, 부끄러워 하며 익어간다

술적심:
숟가락을 적신다는 뜻으로 국이나 찌개 같은 음식

생일선물

20160306

아들이 단감 한 줄 예쁜 종이에 둘둘 말아서 드리니

아버지가 하는 말 '선물은 이게 단감?'

전생

20160306

세신사의 지시에 따라 몸을 뒤척이다 본

장렬히 전사한 때, 나의 전생은 지우개였음을

낫또를 먹다가

20160303

끊임없이 딸려오는 실타래에 첫사랑이 끈적인다

난, 또 걸려 넘어져 진액이 다 빠질 때까지 슬프다

쑥

20160404

쑤욱쑤욱 자란 쑥 한 줌 쓰윽 뜯어

쑥떡쑥떡 쑥떡 쑥떡 뒷담화로 피었네

쓰고 싶다 2

···

20160913

쓰고 싶은데 안 써지는 시 두 줄,

쓰고 싶은데 쓸 수 없는 텅 빈 잔액

연륜

20150726

말을 줄여야겠다.

대신 술을 늘려야겠다.

수국

20150726

여자는 수국 한 다발 진심으로 받고

남자에게 국수 한 그릇 점심으로 주고

비참

20141105

비둘기가 먹이를 콕 집으려 하는데

참새가 홀랑 먹고 날아가 버릴 때의 심정

배춧잎

20171130

속초 중앙시장에서 배춧잎 파시는 어머니

열 묶음 팔고 나니 진짜 배춧잎 한 장

글 쓰기

20130730

스멀스멀 온 몸에 글자가 감길 때

재빨리 펜을 들어 해치우는 것

맺음말

'엄마 시집은 내가 내 줘야 한다네.'

연초에 딸아이가 본 토정비결이 시집을 내는 발로가
되었다. 순간, 뭐라고? 엄마 시집보내 준다고?라고
들린 것은 비밀이다.

이탈리아 밀라노의 '산타마리아 델레그라치에 성당'
식당 벽에 그려진 벽화 '최후의 만찬'은 15분 간격으로
입장해서 감상할 수 있었다. 아쉬움에 기념품점에서
엽서를 샀다. 그 뒷면에,

  "우산에게.

  우리가 가지는 못했지만
  로마의 바티칸에는
  묻혀 있던 고대의 유물로 가득하지요.

사람도 스스로 그렇게 묻혀 있을 때가 있어요.

언젠가 햇빛 속으로 나오면 찬란할 겁니다.

2011년 여름, 구본형"

故구본형님이 써 주셨다. 10년 전, 그 글은 나의
버터 같은 열등감을 녹이는 적정 온도가 되었다.

10년이면 강산이 변한다지만, 소중한 사람들이 하나둘
숨바꼭질 하듯 숨어드는 시간이었다. 술래가 되어
"못 찾겠다 꾀꼬리"라고 노래 부르면 나의 찬란함에
살짝살짝 곁들여 반짝인다. 반짝일 때마다 응원해 주신
분들 덕분에 오롯이 나로 잘 살아가고 있다.

찰스 부코스키는 "당신 안에서 으르렁거리는 소리를
기다려야만 한다면 참을성 있게 그것이 오기를 기다리라.
그리고 결코 으르렁거리는 소리를 들을 수 없다면 다른
일을 찾으라."라고 했다는데, 그 으르렁거리는 소리를
내 주던 남자 덕분에 두 줄 시가 나왔다. 자기 뒷담화를
보지 않고 떠나서 다행이다.

총 대신 카메라를 들고 나라를 지키는 남혁에게,

큰 짐을 덜컥 지고 가는 세대주 내영에게,

35년 만에 캐리어 하나 끌고 쳐들어온

나를 받아주신 유선자 여사에게

사랑과 감사를 담아 보냅니다.

그리고, 이 시집을 읽고 있는 당신에게도.

2021년 가을의 길목, 보령에서

당신, 떠나고 나니
딱 두 줄 남네요

ⓒ 장정금, 2021

초판 1쇄 발행 2021년 12월 24일

지은이   장정금
펴낸이   이기봉
편집   좋은땅 편집팀
펴낸곳   도서출판 좋은땅
주소   서울특별시 마포구 양화로12길 26 지월드빌딩 (서교동 395-7)
전화   02)374-8616~7
팩스   02)374-8614
이메일   gworldbook@naver.com
홈페이지 www.g-world.co.kr

ISBN   979-11-388-0490-5 (03810)